눈부셔라, 달빛

눈부서라, 달빛
김여정 제12시집

초판 인쇄 | 2008년 3월 25일
초판 발행 | 2008년 3월 30일

지은이 | 김여정
펴낸이 | 신현운
펴는곳 | 연인M&B
디자인 | 이희정
기 획 | 여인화
등 록 | 2000년 3월 7일 제2-3037호
주 소 | 143-874 서울특별시 광진구 자양동 680-25호(2층)
전 화 | (02)455-3987, 3437-5975 팩스 | (02)3437-5975
홈주소 | www.yeoninmb.co.kr
이메일 | yeonin7@hanmail.net

값 7,000원

ISBN 89-89154-97-6-03810

눈부셔라, 달빛

김여정 제12시집

| 自序 |

시 앞에서 무슨 덧말이 필요하랴.

11번째 시집 이후 2년에 접어들면서 12번째 시집을 묶는다.
　세월의 강물 위를 흘러가는 내 사계(四季)의 나뭇잎 한 잎 한 잎을 집어내어 조각보를 만들어 본 작품들이다.
　4부의 남강시편 8편은 '심상' 지에 〈수필이 있는 시〉로 게재되었던 20회분의 작품 중 12편은 11번째 시집에 수록되어 나머지 8편을 마저 올리게 되었음을 밝힌다.
　12시집을 펴내주시는데 노고를 아끼지 않으신 미네르바의 여러분께 감사드린다.

2008년 봄마중 나가는 길
하남에 살면서 김여정 삼가 절.

| 차례 |

1. 물속의 신전

2. 아침 이슬이 하는 말

3. 눈부신 날에

4. 남강 시편

1. 물속의 신전

반달

반달이 떴다
하늘이 떴다
조각배가 떴다
바다가 떴다

반달이 내 한쪽 심장을 먹어치웠다
하늘이 내 생을 먹어치웠다
조각배가 내 한쪽 심장을 다시 뱉아냈다
바다가 내 생을 다시 토해냈다

오늘 나는 조각배에 반달을 싣고
남은 반달을 찾으러
하늘 바다를 노 저어 간다

달빛 레이저

달개비꽃들이
푸른 달빛 레이저를
흐릿한 내 눈동자 속으로 쏘아댄다

(아직 백내장 수술을 안 한 지구의 왼쪽 바다)

내 눈썹 위의 달개비꽃빛 나팔꽃들이
달의 알들을
숨은 별들을 향해 발사한다

우주 공간이 온통 레이저쇼로
현란하다

(백내장 수술은 이제 필요없다는 의사의 말)

하얀 밤

　망초꽃이 메밀 꽃밭처럼 하얗게 강변 둔치를 뒤덮고 있는 하얀 밤에는 달빛이 모래알처럼 하얗다. 아니 쌀알처럼 하얗다. 하얀 밤 망초 꽃밭에서 곤히 잠든 하얀 나비 한 마리 하얀 메밀 꽃밭의 추억을 꿈꾸는지 알 듯 모를 듯 고이 접은 나래가 조용히 떨리고 있다. 나도 감전된 듯 하얀 찔레꽃 덤불 우거진 강변의 추억에 이팔청춘 가시내처럼 가슴이 할랑거린다. 이래서 나는 망초꽃이 메밀 꽃밭처럼 하얗게 강변 둔치를 뒤덮고 있는 하얀 밤을 좋아한다. 달빛이 모래알처럼 쌀알처럼 하얀 밤에는 세상의 황사 먼지에 눈병 난 내 마음도 새하얀 세모시 손수건처럼 깨끗이 표백된다. 하얀 밤에는 나도 하얀 나비의 잠에 든다. 세상을 향한 창에는 새하얀 세모시 커튼을 치고서.

언도

이제 그만 나를 무죄 석방해 주려는 그대여,
나에게 종신형의 유죄를 언도해 다오
내 죄 중하고도 중한 도둑의 죄
어찌 무죄 석방을 바라리오

어릴 적에 벌써
어머니 반짇고리에서 비단 헝겊을 훔쳐 인형을 만든 죄
더 자라서는 벌 대신 아카시꽃을 따 먹은 죄
가을 지붕 위에 내려온 잘 익은 별떨기를 몰래 먹어치운 죄
보름달을 덥석 물어 반달을 만든 죄
더 커서는
유부남의 미루나무를 한밤중에 남몰래 껴안고
가장인 장년의 느티나무를 가슴 할랑거리며 사모한 죄

다 큰 처녀의 몸으로
야심한 밤에
북두칠성을 품에 꼬옥 안고 있는 강줄기를 잡아끌고
울울한 대나무 숲으로 숨어든 크나큰 죄

그대가 빤히 알고 있는 죄목이 이뿐이 아닌데
무한한 관용의 그대여,
제발 이 중죄인에게
무죄 언도는 사형 선고보다 더한 고통이니
종신형에 묶여서라도
더 죄를 지을 수 있는 유예의 시간을 허락하지 말아다오

나를 뇌사시키는 보랏빛

저 보랏빛이 또다시 나를 뇌사시킨다
반세기도 훨씬 이전에 나를 뇌사시켰던 저 보랏빛
보랏빛 라일락 꽃그늘에서 죽고 싶어
스스로 뇌에 압핀을 꽂았던 그 시절 이후
웬일 웬일로 또다시
라일락을 뒤따라 등꽃 오동꽃
보랏빛 바람이 쓰나미로 몰려와
내 뇌에 수천수만의 압핀을 꽉꽉 눌러대고 있는 것인가

이렇게 감미롭고 아름다운 죽음이
나를 또다시 환상의 관(棺)에 눕히다니
가물가물 어지러운 쾌감의 뇌사가
나에게 또다시 찾아오다니

초록 물결 아른거리는 보랏빛 꽃그늘에 누운
행복한 베아트리체여,
자욱한 향기의 안개이불 덮고
눈을 감는가,

누가 남몰래 묵언(默言)의 은가루를 뿌렸나
아침 풀밭이 온통 은물결로 일렁인다
아침 세상이 온통 은혜의 말씀으로 가득 찬다

물속의 신전(神殿)

해가 지고 저녁 어스름이 장막을 드리우기 시작하면
팔당대교를 기점으로 덕소와 양수리 쪽에서
물속 깊이 튼튼한 불기둥이 박혀
람세스의 신전보다 더 웅장하고 화려한 신전이 세워진다
강 이쪽의 사람들이 건너편의 신께 경배를 하든 말든
시간이 흐를수록 신전은 더욱 위풍당당해지고
수많은 불기둥에서는 신비의 빛이 뿜어져 나와
강물을 전율케 한다

꿈이 완성되는 순간의
환희의
전율

하지만,
완성된 꿈은 꿈이 아니라고
사막 위의 신전은 인간을 굴복시키지만
완성된 꿈은 신성(神性)의 모독이라고
물속의 신전은 신을 굴복시킨다

굴복당한
신과 인간의 야합이 불야성을 이루어
물속 신전의 황홀경이 극에 달한다

밤 물길의 신앙이 끝 간 데 없이 흐른다

조장(鳥葬)

그대 조장을 아시나요?
조장을 모르느냐구?
"송장을 들에 내다 놓아 새가 파먹게 하던 옛날 중국 남방의
풍속인 줄 누가 모르나."
그건 한참 옛날의 중국 풍속이고

요즈음 조장은 환경친화적이고 세련된 깔끔한 장례이지요
내 주검이 한 줌 가루가 되어
콩고물에 밥 비비듯 흰 찰밥에 비벼져서
들에나 숲속 어디에나 뿌려져서
새들의 밥으로 먹혀
내가 새가 되어
내가 가벼운 가벼운 날개가 되어
훨훨 자유의 바람이 되는
낡은 옷 벗음 허물 벗음이지요

나는 내 자식들에게 유언이 아닌
축복의 노랫말로 말해 두었지요
나는 오랫동안
강물을 사랑하고 들꽃들을 사랑했다
강물은 내 길을 인도하고
들꽃들은 내 삶을 수놓는 법을 깨닫게 해 준 경전
그 강물과 들꽃들에 숨은 별들이 나비와 잠자리를 불러
세월 따라 꿈에 묻은 녹을 닦아
내 생의 길을

너희들의 실크로드로 만들어 주리라 굳게 믿어 왔었다

“내 주검을랑 중국 고대식 조장이 아닌 우리 현대식 조장으
로 축복해다오.”

　─사시사철 다른 빛깔 다른 음성으로 흐르고 피어나는 강물
과 들꽃과 사랑하는 너희들과 사랑이라는 이름의 수많은 이들
과 사물 시시때때로 알고 모르는 죄를 놋그릇 닦듯 씻어주시는
분께서 항상 함께해 주셔서 내 속의 병이 유리알처럼 맑아졌음
그 일체를 기억하지 말며─

　(그저 한 마리 ‘무심의 새’ 가 허공 속으로 그림자도 없이 날
아가 무화되었음)

화진포에서 1

어둠 속에 시간을 하얗게 부수며 달려온
파도가
겹겹이 몰려와 내 잠든 창문을 두들겨대고 있었다

몽롱한 꿈길을 벗어난 내가
창 앞에 섰을 때
암청색 하늘에서 눈동자를 빛내며
바다를 퍼 올리고 있는
북두칠성
바다 위에 신기루처럼 솟아올라
형광빛을 내뿜고 있는
하얀 설목(雪木)의 소나무 한 그루

하느님의 붓질이 남긴
환상의 극치
불후의 명화(名畵) 앞에서
평생 써 온 내 시가 몽땅 다 지워지고 있었다

백지가 되어 돌아와
화진포 밤 파도소리와
북두칠성과
형광빛 형형한 설목 한 그루로
다시 내 시의 그림 한 장 그려 보기로 한다

화진포에서 2

한밤중에
깊이 모를 바다 슬픔이
통째로 창문에 발을 내리네

내려진 발 위로
만월의 달빛이
바다 울음을 곱게 빗질해 내리네

바다 오열이
만월 속에 자자들어
에메랄드 보석으로 빛나네

왜 "메롱!" 하고 싶어질까

환장하게 고운 빛깔로 하늘에 붉은 꽃을 수놓고 있는
한여름 날의 배롱나무를 보면
왜 느닷없이 "메롱!" 하고
붉은 헛바닥을 날름 내밀어
하늘 한복판을 핥고 싶어질까
그 매끈한 갈색 몸피가
내 몸속 피를 몽땅 헛바닥으로 밀어 올려서일까
왜 "배롱!"이 아닌 엉뚱한 "메롱!"일까

옛날 옛적에
늙은 여자의 토라진 사랑 표현이 "메롱!"이었을까
옛날 옛적에
젊은 배롱나무의 사랑 고백은 "배롱"이 아니었을까

건강한 청춘들 헛바닥의
저 숨 막히는 불꽃
배롱나무가 한평생 모은 피를 한껏 뿜어 올려
하늘에 불붙이는 저러한 목숨의 번제(燔祭)가
도저히 근접할 수 없는 영역이어서
내 절망스러운 심사가
자꾸 "메롱! 메롱!" 심술부리고 싶어지는 것일까

활활 꽃피워 올린 한여름 날의 배롱나무를 보면
왜, 왜 생뚱맞게 "메롱!" 하고
붉은 헛바닥을 날름 내밀어

하늘의 저 깊은 뿌리까지 핥고 싶어지는 걸까
아직 활활 붙타고 있는 내 무한 사랑
"메롱!"

내가 임신을 했나 봐

수개월 전 한밤중에
강 건너 예봉산이 내 몸을 덮치더니
벌써 입덧이 시작됐나
그 좋던 입맛이 싹 변해버렸어

틀림없이 임신이야 임신!
내 속이 출렁출렁 파도치기 시작했어
내 속에서 배롱나무 동백나무 가문비나무 뿌리가
벌써 오래 전에 꿈을 버린 내 살을 아프게 찌르고 있어
수확 끝난 내 들녘 흙속에서 꼼지락꼼지락
온갖 씨앗들이 연대하여
내 오관을 간질이고 있어

틀림없이 임신이야 임신!
누가 뭐라해도 증후가 그래!
내 쇠락한 세포들이 봄눈[春芽]을 트기 시작했어
버들개지 보안 털이 보안 쑥 순이
보안 산안개 강안개가
내 정신을 먼 하늘 저 너머 만큼이나 아득하게 하고 있어
아, 내 심장에 복사열이 전광석화로 번지고 있어

그날 밤 나를 덮친 예봉산
이제 멀쓱하니 물러서서 딴청부리지만
그래도 조금은 부끄러운지 만산에 복사꽃 만발하고

산골짝에 물소리 조심스러워
나도 그만
우량한 봄을 회임(懷妊)했음을 자랑삼기로 했어

백자 항아리 속에서

26

백자 항아리 속에서
피리소리가 구름을 피워 올린다
백자 항아리 속에 빠진
내 거울 속에서 시계가 연꽃을 피워낸다
연꽃 속에 휩싸인 내 마음이 피리를 분다

백자 항아리 속에서
붕(鵬)새가 날아나와
날개에 피리소리를 휘감고 구만리장천을 날아간다

아득한 하늘이 온통 연꽃밭이다

열매를 먹이기 위해

산은 나무를 키우기 위해
나무는 숲을 만들기 위해
나는 무공해의 그대를 만나기 위해

초가을 눈부신 햇살 아래
투명한 은발의 머리칼 몇 올
계곡물로 흐른다

산초나무 다릅나무 개벚나무
맑은 숨을 내쉬며
달게 달게 열매 먹고 있는
산새들 입모습 하 어여뻐
하늘도 해맑은 미소 보낸다

산은 깊은 가슴을 크게 열고
나무는 튼튼한 팔을 크게 뻗고
산새들은 작은 눈을 크게 떠서
제가끔의 밀어를 바람에 실어 보낸다

열매를 온전히 익히기 위해 헌신하는 그대
잘 익힌 열매를 먹이기 위해
목숨 바쳐 번제(燔祭)를 올리는 그대

나는 무공해의 그대를 만나기 위해
오늘도 열심히 열매를 먹는다

빙어를 먹다

제철인 빙어 맛보기란 잠깐 지나치고 만다며
강변 횟집으로 안내한 후배 시인들이
물속에서 팔팔 뛰는 빙어를 산채로 먹어 보란다
내 생전에 생목숨을
산채로 먹어 본 일 없어
팔짝 뛰어 오르게 놀라 저만큼 물러앉는데
한사코 일단 먹어 보란다

성질이 최단급으로 급해서
최단 시간을 견디지 못해 스스로 죽음에 들고 만다는
멸치만한 작은 빙어
그 빙어의 싱싱한 생맛을 즐기기 위해서는
최단 시간에 먹어치워야 한다며 재촉이다

싱싱한 맛은 최단 시간에?
싱싱한 영감은 최단 시간에?

젓가락으로 미꾸라지 잡기
옆자리의 동석 시인은 집게손으로 잘도 낚아 올린다
쩔쩔 매던 내 낚시 솜씨도 차츰 늘어
싱싱한 생명을 통째로 입 안으로 넘기다가 문득
성질 급한 그놈이 다름 아닌 바로 나
아차, 내가 나를 신나게 먹어치우고 있었구나

내가 세상 밖 공기 속에서

신나게 탐식당하고 있는 줄도 모르다니,
이런 멍청이
그 순간 뱃속의 빙어들이 입 천정을 치받으며 뛰쳐나와
날렵하게 몸을 날려 바다 속으로 뛰어들었다

바다가 새 생명을 회복하여
영감으로 빛을 발하기 시작했다

그날 그 숲속에서

그날 대관령자연휴양림 그 숲속에서
나는 비로소 오염되지 않은 허파와 만났다
울울한 숲을 헤치고 달려나와
맑은 폭포수로 떨어져 내리는
계곡물을 가슴으로 안아 들이며
무슨 말이 더 필요했을까
그냥 물이 되어 섞일 수밖에는

그날 아침
지난밤에 내린 소낙비로
잎잎마다 영롱한 오팔 보석알을 매달고
하늘을 찌르며 장대(壯大)한 몸으로
직립(直立)해 서 있는 소나무들 앞에선
한동안 나도 직립해 서 있었다
그리고 다음 순간 달려가
한 소나무를 한껏 안아 내 생애 속으로 끌어들였다

그랬더니
소나무를 뒤따라 새소리 벌레소리를 앞세운
숲이 들어오고
숲을 뒤따라 물소리를 앞세운
산이 들어오고
산을 뒤따라 구름을 앞세운
하늘이 들어왔다

그날 그 숲에선
산소보다 더 신선한 아침고요가
안개보다 더 부드럽게
내 허파를 가득 채웠다

8월 한여름의 춤

전에 없던 폭염과 폭우
천둥번개와 벼락의 변덕 날씨 가운데서도
8월엔
사방에 한여름의 춤판이 벌어지고 있다
산에서는 나뭇잎들이 태양의 백촉 조명을 받으며
바람의 손을 잡고 너울너울 춤추고
들에서는 풀잎들이 벌레소리에 장단 맞추어
몸짓도 유연하게 춤을 춘다

바다에는 사랑의 파도를 타며
건강한 생명의 스텝을 밟는
사람 사람들
아이는 아이들 대로
어른은 어른들 대로
먼 수평선을 가슴에 끌어당겨 안으며
꿈의 춤
춤의 꿈을 하늘에 그린다

우주의 춤을
둥그렇게 둥그렇게 그리며
물오른 싱그러운 발꿈치를 돌린다

(지금 지상의 사람들은
신명나는 한판 춤의 축제를 목이 타게 기다린다)

내가 이른 아침에 운동화 끈을 매는 까닭은

내가 한여름에서 초가을까지
이른 아침시간에 운동화 끈을 매는 것은
너무나 아름다운 가족의 모습에서
희망의 나팔소리를 듣기 위해서다
둑방 언덕을 휘장처럼 뒤덮고 있는 싱싱하게 건강미 넘치는
칡넝쿨
그 넓고 푸근한 품을 헤집고 알에서 갓 깨어난 새 새끼 모양
파란 잎사귀 사이사이로 선명한 남빛 목고개를 한껏 늘여
영롱한 이슬의 은방울 떨기를 달고서
아침 하늘을 향해 희망을 불어대는 나팔꽃들
그 형들 아래서 작은 머리를 앙증스럽게 내밀며
저희들끼리의 밀어를 속삭이고 있는 나팔꽃 빛깔과 같은 달
개비꽃들
그 사이 사이로 지난밤
목고개 아프게 달을 사모하다 살짝 잔졸음에 든 달맞이꽃
그 달맞이꽃 보고 살찐 꼬리를 힘차게 흔들어대는
강아지풀도 분명 그 속에서는 저도 달을 사모하는 꽃일 수밖에

그 아름다운 가족들을 만나야 내 하루가 활기로워지기 때문에
몸살감기로 콜록대면서도 마스크에 목도리까지 두르고
매일 이른 아침에 운동화 끈을 맨다

웬 코스모스

"코스모스 한들한들 피어 있는 길…"
하늘이 청명한 가을날 춘천가도를 달리노라면
저절로 귓가를 간질어피며 들려오던
왕년의 가수 김상희의 노래 따라
길가 양 옆으로 키 큰 코스모스 꽃들이 도열하여
한껏 가을 정취를 더하곤 했었는데

한여름 폭양 아래 피어
더위 먹어 늘어져 있는 때 아닌
웬 코스모스?

세상이 온통 제정신 아니게 미쳐 돌아가니
자연도 덩달아 망령인가
휘일 듯 연약하고 고와야 할 가을꽃이
키 작은 볼품없는 꽃으로 움츠리고 있는 모습
애처롭고 안쓰럽다

요즈음 전쟁터에서 부당하게 부상당하고 죽어가는
죄 없는 어린이의 퀭한 눈동자와 오버랩 되는,
폭양의 총탄을 맞고 있는 코스모스가
내 마음을 어둡게 하는
폭염의 한낮

2. 아침 이슬이 하는 말

2. 아침 이슬이 하는 말

달개비꽃

폭염 아래
달개비꽃들이
남색 옷고름을 휘날리며
강가로 내달린다
한사코 치마꼬리를 잡아끄는
망초꽃들의 뜨거운 손길을 뿌리치고
맨발로 불타는 모래밭을 지나
푸른 강물 속으로 뛰어든다

이윽고
강물 위에
파란 별꽃으로 피어오르는
저 앙증맞은 보조개들

태양 광열(光熱)의 직격탄도 속수무책이다

목백일홍

가을 햇볕
쨍 쨍
놋양푼도 쨍그랑 울리는 날

붉은 목백일홍 꽃무리에
푸른 하늘 옷섶 한 자락
살짝 얼굴 붉히고

꽃그늘에
유모차 세워두고
벤치에 앉아 책 읽는 젊은 엄마
하얀 목덜미에 고운 꽃잎
하르르 날아와 앉네

보랏빛 장미 꽃다발

반세기 전의 내 남자친구가
반세기 만에 나타나
반세기 만의 만남의 기쁨으로
나에게 보랏빛 장미 꽃다발을 안겨주었다
너무나 뜻밖의 황홀
웬 보랏빛 장미? 하는 나에게
인터넷에 오른 내 시 〈봄, 그 시절의 환상〉을 만나고
시 속의 '하르르 하르르 지는 보랏빛 라일락 꽃잎' 대신
보랏빛 장미꽃 다발을 구했다고

반세기 전의 문학청년의 낭만을 선물 받고
반세기 전의 아리따운 처녀로 돌아간 나는
내 삶도 아직은 하르르 하르르 지기 전의
보랏빛 라일락의 시절이라고
보랏빛 알약의 환각제를 꿀깍 삼켜버렸다

보랏빛 장미 꽃다발에 묻어온 봄이
올봄 내 집을
향기의 궁궐로 리모델링해 놓는다

반세기 만에 만난 친구여,
나에게 화사한 향기의 궁궐을 선물한 그대는
반세기 동안 말을 타고 나에게 달려온
백마 탄 왕자

봄, 그 시절의 환상 속에
반세기 동안 쌓아온 우리 그리움의 탑이 솟는다

향기 보러 가는 바람

화개장터는 조영남의 노랫말 그대로가 아니라도 화개장터
섬진강 솔밭공원에서 불어오는 솔바람이 있어 화개장터
재첩국 참게탕이 있어 화개장터
봄이면 산수유 청매화 벚꽃 구경 사람 사태 화개장터

사람 사는 동네 화개장터를 등지고 가는
바람 한 자락
마악 칠불사 가는 길목을 돌아들고 있다

나도 오늘 칠불사에
향기로 와 계실
부처님 보러 가는 바람으로
화개장터 건너오는 바람과 한 몸 되어
산길을 오른다

저만치 관향제(觀香齊) 쪽으로부터
녹차향이 자욱이
산안개로 피어오르고 있다

그대와 소나기를 맞으며

시퍼렇게 웃자란 갈대밭 너른 울타리 속에
원주민 마을을 이루고 있는 달맞이 꽃밭에서
달맞이꽃 원주민 내가
동족인 그대와
소나기의 폭격 속에서
지난 밤새 달을 향했던
간절한 연모의 목고개 사정없이 꺾이며
우리 인연의
슬픈 이력
흙탕물에 발목 빠졌었네

우리 삶 속에 바늘 되어 찌르던 빗줄기
비애(悲哀)의 뗏목에 실려 강물에 떠내려가고

소나기 멎자 뼛속까지 달빛 환했네
꺾였던 우리 사랑의 꽃대
다시 빳빳이 고개 들어
하늘 높은 곳 달 속에서 눈 맞출 수 있을까

겨울비를 기다리며

오랜 가뭄의 연속이다
저수지는 물론 호수와 강의 물도 말이 아니게 줄어들고 있어
어느 지역은 식수도 제한하고 조만간 전국의 물 기근이 예상
된다고
걱정의 목소리가 높다
눈만 뜨면 사랑이란 말은 풍성한데
참사랑은 겨울 들판의 풀들처럼 말라비틀어져 가고
귀만 열면 진실이란 말은 풍성한데
참 진실은 마른 논바닥처럼 쩍쩍 갈라져 가고
날만 새면 쏟아져 나오느니 시인이요 시들의 풍년인데
진정성의 시는 산삼 찾기보다 어려우니
나도 이제 시인 폐업신고 내야 할까 보다

시 쓰기가 자꾸만 겁이 난다
오랜 가뭄 탓이다
겨울비라도 죽죽 좀 내려줘야 쓰것다
비 소식은 간간이 들려오건만 정작 비 다운 비는
내리지 않아 내릴 것 같지도 않아
오늘도 난초 잎에 물을 뿌리며
애타게 겨울비를 기다린다

한밤중에 불을 끄면

한밤중에 불을 끄고 적막을 밝힌다
어둠이 농익은 다음에야
진성(眞性)의 꽃 한 송이 피어난다
겨울강도 슬픔을 오래 견디며 흐른 후에야
맑은 꿈길 열린다
찬 하늘에 외기러기 은하수의 얼음을 깨고서야
처량한 울음소리 한천(寒天)에 메아리친다

한밤중에 불을 끄고 밝힌 적막이
깊은 우물에 두레박을 내려
녹슨 사랑의 그림자를 퍼 올린다

먼 꿈길에서
한 가닥 맑은 바람이 칠흑 어둠을 가르며 달려와
적막의 꽃을 활짝 꽃피운다
꽃이 적막이다
꽃이 어두움의 향기이다
한밤중에 불을 끄면

봄날 오후

머릿결 고운 햇살이
벗은 나무 잔가지를 간지럽히고
잔가지들은 간신히 터져나오는 웃음을 깨물어 삼키며
연두빛 입김을 내뿜는 3월 중순의 오후
나는 서투른 붓끝으로 목련 꽃봉오리를 그린다
봄의 감성에 개칠을 하며
번지는 먹물 속에 속절없이 흐르는
세월의 강물에 기원의
목련 꽃송이를 띄워 보낸다

이미 아득히 멀리 흘러가버린
나의 봄날의 등뒤로
붉은 목련 꽃잎이 내 심장에
지울 수 없는 지문을 찍는다

마인즈 시편 3

큰딸이 사는
독일 마인즈 마을에서 지낸 6월 한 달간의
내 마음속은
맑고 잔잔한 호면(湖面)이었다
화사하고 향기로운 허브 정원이었다
녹음 짙은 울울한 숲속 공원이었다
드넓은 연록의 잔디밭이었다

아침에 눈떠서 창을 열면
영롱한 새소리
향기로운 장미향 미소
하루 종일 실내를 감돌며 내 영혼을 씻어내는
클래식 음악의 오묘한 음률

현관문을 나서면 바로 공원
마을의 집집의 현관 앞 정원에는
가지각색의 큼직큼직한 수국꽃과
활짝 꼬리를 펼친 공작 모습의 라벤더 꽃들
넉넉한 연분홍의 함박꽃이며 노을빛 아네모네들
아침에 집 앞길을 비질하는 노인들까지
나를 매료하는 것들은 그밖에도 많고 많았다

오랜만에 느릿느릿 소요한
사색과 명상의 시간들이 은빛으로 반짝였던
내 생의 한 페이지

마인즈 시편 4

라인강 유람선 레스토랑에서 바라보는 저녁노을을 후광(後
光)으로 두른
교회와 성당의 첨탑은
인간들을 잠시 성자와 독대(獨對)케 했다
멀리서 종소리가 울려올 때는
흐르는 물결이 성서를 한 장 한 장 넘기기도 했다

옆자리의 치과의사라고 자칭 자기소개를 하는
은발의 독일 노인은
저녁 무렵 이곳에서 바라보는
강 건너편의 풍경이 너무나 아름다워
재혼한 십여 년 연하의 아내와 자주 온다며
곁의 초로의 여인을 환한 미소로 곁눈질 했다

한마디도 알아들을 수 없는 전혀 생소한
딸 내외와 나의 한국말 담소가
너무 행복해 보여 말을 걸었다고 하며
어느 나라냐고 물어
딸이 친절하게 독일어로 코리언이라고 알려줄 때
라인 강물은 붉게 불타고 있었다

눈부신 솜털구름

아침나절에
9층 아파트 부엌 창 너머로 내려다보면
노인정 평상이 있고
노인정 평상 위에 머리에 하얀 목화꽃 모자를 쓴
할머니들이 빙 둘러앉아 파를 다듬거나
화투를 치거나 소주잔을 건네거나
옛날 청춘을 알사탕 녹이듯
주름진 입술로 오물거리는 모습이
마치 하늘에 떠 있는 솜털구름 같다

알을 깐 뒤의 연어 떼처럼
실을 다 뽑아낸 누에고치처럼
인생의 꿈을 다 비워낸
가볍고 가벼운 솜털구름 한 덩이 눈부시다

온 생애 다바쳐 완성한
어느 예술가의
눈부신 죽음

하늘에 만발한 목화 꽃밭의
피카소 판화 한 점 걸리다

장마 뒤의 풍경

장마로 흙탕물이 콸콸 넘치던 개울이
물속 돌들이 환히 비치게 맑아진 주말 오후
돌들만큼이나 많은 아이들이 물속에서 물장구치며 놀고 있다
아빠들은 옆에서 투망을 하고
엄마들은 둑방 위에 앉아 아이들에게
음료수며 먹거리 챙겨주고 있다

그 옆 풀섶에는 강아지풀도 꼬리를 치며 한몫 거들고
나비며 잠자리도 좋아라 주위를 맴돈다

나는 문득 〈전쟁과 평화〉에 생각이 붙잡힌다
평화로운 가족과
전쟁의 비극 속에서 비탄에 빠져 있는 가족

지상의 모든 인간들이
왜?
두루 평화로운 삶을 공유할 수 없는 것일까,
잠시 투명한 물속처럼 환하던 마음이
다시 어두워진다

장마 뒤의 맑은 물속처럼 세상이 평화로 충만했으면 하는
기도가 분수가 되어 하늘을 찌른다

아침 이슬이 하는 말

지난밤 초록 풀밭에
누가 빛나는 침묵의 은가루를 뿌렸나
이른 아침 촉촉이 젖은 풀밭 사잇길

밤새 어둠의 진액 빨아올려
순수 생명의 수증기 뽑아올려
이른 새벽 풀밭에
방울방울 진주 이슬 초롱히 눈빛 빛냈다가
아침 햇살 비추이자
소리 없이 자취 감추어버리는 그대
내 귓속에 살랑거리는 낮고 부드러운 목소리

작고 낮게
서늘하고 보드랍게
맑고 깨끗하게
영롱하고 투명하게
없는 듯 조용하고 무채색하게

그러면서 흰 뿌리 드러난 상처의 풀잎들
보이지 않게 치유하는 사랑의 손길
뜨거운 눈물의 기원

점 하나의 외로움

하얗게 빛나던 갈꽃잎들이 연보라색으로 변하는
초가을 오후의 한강 둔치 자전거 길에
예닐곱 살쯤의 사내아이가
두 손을 머리 위에 깍지 껴 얹은 채
두 발로만 자전거바퀴를 돌리며 달리고 있다
핸들을 잡지 않고도 꼿꼿이 잘도 달리는 아이를 보며
청보리 같은 청청한 꿈은 손잡지 않고도 씽씽 잘도 달리는구
나 싶은데
　아직 꽃 피지 않은 청청한 갈댓잎이 바람막이로 아이를 따라
함께 달리고 있다

　뒤뚱거리는 오리 도양
발목 다친 세월을 간신히 강물에 풀어 보내며
한들거리는 코스모스 꽃잎으로 가슴을 문지르는 내 머리 위에
흰 나비 한 마리 꽃핀으로 꽂히고
잡을 핸들도 없는 내 손 주위를
날려버린 내 생의 종이비행기인 양
잠자리 한 마리 맴돌고 있다

들꽃들이 꽃방석을 이룬 들판을 지나 둑방 길에 오르니
눈 아래 저만치 강심에 하얀 황새 한 마리
긴 외다리로 서서 먼 하늘을 응시하고 있다
외다리로 서야만 생이 지탱되는 황새
그 점 하나의 외로움이

핸들을 잡지 않고도 꼿꼿한 자세로 씽씽 잘도
자전거 바퀴를 굴리며 달리는 아이와 대비되어
이날 따라 내 안의 물결이
유달리 아프게 저려 반짝인다

점.
 하나의.
   외로움.

외다리로.
        선.
          생의 절대고독.

큰고니들과 놀며

눈부시게 하얀 몸의 큰고니들이
한강 자락을 끌고 내 거처로 들어온 이후로
우리 집은 겨울 강물로 반짝이기 시작했다
정답게 짝지어 흐르다가 어느 때 하나로 겹쳐지는
큰고니 한 쌍의 기품 있는 사랑이
내 차디 찬 심장에 뜨겁게 불을 지펴
강물은 황금노을로 불타오르고
홀로 고고(孤高)한 자세로 먼 하늘 보며 유유자적
관조에 잠긴 한 마리 큰고니가
한 송이 백련(白蓮)으로
하늘 강에 피어올라
내 사는 세상이 백련지(白蓮池)로 보이기 시작했다

과~아 과~아, 과아안 과아안 울며
날개로 하늘을 쓸며 날 때에는
내 전생의 가슴까지 울려
강물에 투명한 영혼의 살얼음이 깔리고
빛나는 물결 위에서
얼음 박힌 모래톱 위에서
훗호 훗호 울음소리 낼 때는
내 생(生)의 뿌리가 실하게 연꽃 뿌리에 박히기 시작했다

우리 집 창문 밖에서 혹한의 바람이 아무리 거세어도
큰고니들과 놀며 지내는 동안
내 생의 강물은 잔잔해지고 있느니

집수리

뜻밖에 한여름에 집수리를 하게 됐다
부실시공의 책임을 지고 시공사에서 천정과 벽수리를 해 준
다고
이참에 한참 늦기는 했지만
내 부실했던 삶도 수리하기로 했다

버릴 것 버리고 치울 것 치우기는 했는데
그래서 홀가분하기는 한데
버릴래야 버려지지 않는 질긴 인연
치울래야 치워지지 않는 이 한 몸의 육신

(수리한다고 마음대로 될 일도 아닌데)

질긴 인연은 무쇠가위로도 잘라지지 않으니 어쩔 수 없는 일
사는 날까지 나사 헐렁해진 육신만이라도
최선을 다해 책임지기로 작심하고
병원 순례에 나서는 나약하기만 한 인간
내 몰골에 쓴웃음이 늦가을 갈댓잎처럼
하얗게 허공을 메운다

웬 별말씀

지루하게 장맛비 퍼붓는 7월에
7이라는 숫자는 서양에서는 행운의 숫자라는데
무려 73년 만의 한량없는 장맛비라는데
무너지고 휩쓸리고 떠내려가고
비통 비명의 산사태 물난리
TV는 연일 비극을 팔아대고 있는데

하필이면 이런 때에
나는 참말로 뜻밖에
십수 년 살아온 내 집
집도 아닌 아파트의 천정 뜯어 고치고 벽 바르는 수리공사에
부실한 허리 팔 다리 움직이며
장맛비만큼이나 땀 흘리는 곤욕의 날을 보냈다

(부실공사의 책임을 지고 시공사에게 5개 동을 일제히 수리
공사 시작함으로써)

내 나이 73세
이참에 내 인생의 집도 수리하기로 했다

(내 인생의 부실공사의 책임을 통감함으로써)

내 육신을 입혀 오던 옷가지
그 옷가지를 30여 년 담고 있던 옷장
내 정신을 평생 입혀 오던 책들

온갖 잡동사니를 싹 쓸어
미련 없이 버리고 비워냈다

도와주시던 경비 아저씨
"이렇게 쓸만한 것들까지 다 버리시면…"
"이제 나를 버리는 일만 남았네요."
하는 내 말에 경비 아저씨는
"웬 별말씀을."

숟가락을 든다

오늘도 어김없이 혼자 밥숟가락을 든다
먼 그날들에 어머니도 어김없이 혼자 밥숟가락을 드셨다
아버지가 돌아가신 뒤로 수많은 세월 어머니도 그랬다
내가 혼자 밥숟가락을 들기 전까지는
혼자 밥그릇 앞에 앉은 어머니 가슴속이
온통 어두운 산그림자로 덮혀 있었음을 미처 알지 못했다
"밥알이 모래알 같다"는 어머니 혼잣말도 알아듣지 못했다
어머니 하얀 옥양목 치마에 떨어지는 눈물의 고드름도 보지
못했다

딸 아들 셋 출가시키고
아버지 돌아가신 후로 홀로 되신 어머니나
혼자서 딸 아들 넷 출가시키고 홀로인 나나
혼자서 밥 먹기는 매한가지지만
먼 그날들의 어머니 가슴속 어두운 산그림자 밖에서
아직도 기웃거리고만 있는 나의 헛 숟가락질에
내 뒤늦은 회한만 깊이 모를 우물로 파이고 있다

밥숟가락이 세월이고 경전인 것을
바늘에 찔린 듯 이제야 알게 되다니

3. 눈부신 날에

앵두꽃 옆에

그 옛날 그대 가슴처럼 참 따뜻한 봄날
벚꽃이 팝콘 터지듯 만개한
비교적 외진 산책길 빈 벤치에
바람에 날아와 사뿐히 내려앉은 꽃잎마냥
비교적 가볍게 앉아 본다
절대란 신화나 환상이 돼버린 시대

환한 꽃그늘이 오히려 어지러운데
어느새 내 벤치 옆자리에
앵두나무 서너 그루 다가와
연분홍 엷은 미소를 분수처럼 뿜어 올리고 있다니!
─이건 절대 비교적이 아닌데?
내 속 깊은 곳에서부터 나도 모르게 자욱이 피어오르는
이 분홍빛 안개

앵두꽃 옆에
또 웬 매화꽃까지!
그 옛날 가슴 따뜻하던 그대가
신화나 환상 아닌 '비교적'으로
분홍 꽃숨을 내쉬고 있음을 느낄 수 있는
봄날이 한 발짝씩 내 앞을 스쳐 지나가고 있다

봄은 봄이다

사람들이 강둑 언덕에 구부리고 앉아
쑥을 캐고 있다
쑥을 캐는 사람들은 아낙네들뿐이 아니다
젊고 늙은 남정네들 여자아이 남자아이들
잘려 나가는 쑥들 옆에서
민들레와 냉이꽃은 할 일 없이 하하하 웃고 있다
봄도 때맞은 봄이 뽑혀 나가는구나

사람들은 쑥을 캐고

쑥은 봄이다
쑥을 캐는 사람들은 봄이다
봄이 뽑혀 나간 자리를 지키는 것은
한 걸음 뒤늦게 민들레꽃과 냉이꽃이다
민들레꽃과 냉이꽃도
봄은 봄이다

봄을 캐는 사람들의 입에 봉사하는 것은 쑥이고
봄을 캐는 사람들의 눈에 봉사하는 것은
민들레꽃과 냉이꽃이다

눈부신 날에

눈부신 날에는 왜 그대 생각이 이리도 깊은가
청정계곡 맑은 물에 깨끗이 씻어낸 듯
활짝 핀 저 벚꽃들 눈부셔
하늘도 잠시 말문을 닫는데
그대 향한 내 말은
어찌하여 아직도
꽃잎 뜬 호숫가를 맴돌고 있나

눈부셔 눈부셔서 나무들로 숨죽이고 있는
꽃 대궐 꽃 터널을 발걸음도 조심조심
멀찍이 물러서는데
그대 향한 그리움이
발 앞에 떨어져 내린 목련 꽃잎에
핏빛 지문을 찍고
진달래는 분홍 꽃구름을 피워내며
지난날의 추억에 볼을 붉힌다

지나간 시절은 다 그런 꿈이라고
흘러간 세월은 다 그런 미련이라고
노오란 개나리꽃들은 손수건을 흔들고 있는데
그래도 마냥 눈부시고 눈부셔서 좋아라
눈부신 날에 그리운 사람 있어서 좋아라

소금꽃

제부도 바닷가 뻘밭에
자줏빛 카펫을 깐 듯
곱게 핀 꽃
꽃 같지 않은 꽃
우리말로 나문제꽃
소금 먹고 자라는 소금꽃 보고
한평생 가슴속에 소금 저리면서도
조용한 미소 잃지 않고 산
어머니 모습 문득 떠올라
그리움이 하늘에 고운 노을로 피어올랐다

요란하게 제 모습 드러내지 않고
겸허히 잔잔한 빛깔로만
삶의 깊이를 가라앉히는
오래 가라앉혀 진한 앙금이 된 참사랑으로
말없이 타인의 아픈 내장의 병을 치유하는
그윽한 아름다움이 곧 참꽃임을
그날 새삼 깨달은 내 가슴의 뻘밭에
푹신한 카펫을 깔 듯
따뜻한 빛깔의 소금꽃
나문제꽃이 함빡 피어 오르고 있었다

가을과 함께 온

가을과 함께 온 것은
외로움이 아니다
그리움의
지독한 기침
온 생애의 저 밑바닥의
사랑의 뻘흙까지 긁어 올리는
그리움의 누런 가래덩이

달밤에 사릿문 밖에서
컹 컹 개가 짖듯
컹 컹 끊임없이 솟구쳐 오르는 기침에
어두운 밤중에 축축이 내리는
창밖의 가을비도
컹 컹 찰진 황토덩이의
그리움 한 덩이씩 뱉어내고 있다

가을
지독한 그리움은 난치의 기관염이다
때 아닌 잦은 가을비도 그래서
기침에 피를 섞고 있는가

산과 들에 핏물이 번지기 시작한다

가족사진

사진을 버리다가 빛바랜 가족사진 한 장에 내 눈이 못박혔다
지금의 나보다 20여 년은 더 젊어 보이는 어버지
지금의 나보다 30여 년은 더 젊어 보이는 어머니
그 아버지 앞에 어린 내 여동생
그 어머니 옆에 단발머리 소녀 나
나보다 10년 늦게 태어난 외동이 남동생은
아직 세상에 나오지 않아 빠져 있었다

이 가족사진 한 장의 의미는 무엇일까,

나는 필사의 힘을 다해 헤엄치기 시작했다
고향집이라는 무인도를 향해
시간의 바다
그 거센 파도를 헤치며

그때 알았더라면 부모님의 사랑을
그때 깨달았더라면 부모님의 은공을
그때 눈떴더라면 가족의 소중함을

빛바랜 가족사진에 능소화빛 노을이 곱게 물들고 있었다

이 한 장의 사진만은 내 가슴 깊은 곳에 꼭꼭 간직하리라

게릴라식

게릴라식 폭우
게릴라식 폭풍
게릴라식 천둥번개 속에
연일 연속되는 정치판의 게릴라식 폭언들

사나흘을 연속
하늘에 구멍이 난 듯 마구 내려 퍼붓는
한여름 장대비에
웬만한 나무들 삶의 근원 뿌리 뽑혀 드러눕고
키만큼 자란 갈대풀들 생각이 꺾이어 쓰러져 눕고
키보다 웃자란 달맞이꽃대들 기원이 쏠리어 휘어져 눕고
거센 비바람에 뒤집히는 우산처럼
세상의 모든 상식들이 볼품없이 엎어져 눕는데
유독 작고 가벼운 참새 떼들
풀섶에서 풀섶으로 나뭇가지에서 나뭇가지로
포르르 포르르 가볍고 가벼얍게
무거운 하늘 업고 날고 있음도
나에게는 게릴라식 영상이다

이런 날엔
술도 게릴라식으로 마셔
게릴라식으로 취해 봄직하지 않는가

강변 풍경

자욱한 산안개가 산을 지우고
자욱한 강안개가 강을 지우고
하얀 서릿발이 땅을 지우고 있는 가운데
찬 물소리가 초겨울의 이마를 쓸어올리고
하얗게 서리 묻은 갈대가 스산한 바람결에 부대끼고 있다

한때 그렇게 뜨겁던 해바라기의 꿈도
한때 그렇게 고웁던 보랏빛 들국화의 염원도
자취 없이 지워지고
갈색으로 피폐해진 들풀의 푸념들만이 낮게 깔려 있다

나도 말끔히 안개로 지워져
더없이 가벼워진 영혼으로 안개에 녹아들었나
내 발걸음이 갈꽃잎처럼 가볍다

그래도 오늘 하루 제모습을 뚜렷이 나타내려는
수많은 꿈들이
안개로 지워진 다리 위를 질주하고
강변길을 뛰고 달리고 있다

머지않아 태양이 구름을 헤치고 나오면
지워졌던 산도 강도 땅도 제모습을 찾으리

그때 나에게도 '안개' 시가 제모습을 나타내리

한강의 하루

밤새 하늘을 고이 접어 가슴에 품고
별들의 이야기 풀벌레들의 노래를
알 듯 모를 듯 조용히 아로새기며
물길을 따라 꿈길을 열어가던
한강아,

밤새 말갛게 말갛게 씻어 닦은
햇덩이를
새벽녘에 지상으로 내보내어
사람들의 하루 일용할 양식인
무공해 희망을 아침 밥상에 올려주는
고맙고 고마운 내 사랑하는
한강아,

튼튼한 우리의 심장 우리의 허파
향기로운 허브이고 대동맥인 강이여,
우리는 사랑할 때 너에게로 가고
우리는 외로울 때 너에게로 간다
기쁠 때는 폭죽을 터뜨리고 불꽃을 찬란히 피워 올리며
목이 터져라 함성을 지르기도 하는
다시없는 우리 자유의 공간 한강아,

물결을 따라 유유히 노니는 가마우지 떼
허공에 평화의 그림을 그리며 나는 물새들
물속에 시를 쓰며 헤엄치는 물고기들

너의 품은 참으로 넓고도 크다

우리는 축제의 밤에 유람선을 탄다
그리고 우리는 환상적인 풍경에 잠시 넋을 잃는다
물속에 산호초처럼 일렁이는
오색 불빛의 물그림자
살아 있음의 기쁨을 주는 너 한강이여, 영원하라

쓰나미

수많은 꿈들 위에 사랑 위에
칼바람이 내리친다
잘 자라던 나무 꺾이고
어여쁘게 피어나던 꽃잎들 갈갈이 찢긴다
난도질당한 봄이
떨어지는 배꽃으로 흩날린다
세상에 이런 일이
무서움이 들불로 번진다
깃털 빠진 새들이
갈라진 땅바닥에 머리를 쳐박는다
개나리보다 더 노오란 절망이 하늘을 죽인다
늪에 빠진 발목을 물어뜯는 독수리
무참히 찢겨진 삶의 살점 위에
수평선이 무너지고
지평선이 무너지고

(쓰나미는 그날 그곳들만의 현상일까, 역사일까)

폭염주의보

요즈음 연일 '폭염주의보'
'목숨주의보' 다
연소자와 연로자는 외출 자제(自制) 요주의!
며칠 전엔 정상을 향해
암벽을 오르다가
천둥 번개 속에 벼락 맞고 감전되어
적지 않은 사람들이 목숨을 잃었었다
연일 톱뉴스는
목숨을 담보로 흥정하고 있는
아프간 탈레반들의 협박과 납치자 피살 소식
권력의 정상에 썩은 동아줄을 매달아 놓고
불가마에 뛰어들어 날뛰고 있는
불나방들의 허황한 아우성들
정상(頂上)이 뭐길래?
죽고 살기인가?
연로자인 내가 외출 자제를 못하고 있으니
나 또한 불나방일시 분명

'폭염주의보' 가 '폭설주의보' 가 될 때까지
죄 없는 사람들은 이 몹쓸 풍진세상에서
도리없이 허우적대며
목숨을 담보로
폭염에 헐떡대고 불안에 떨어야 하는가?

강남 아리랑

강남에 살면서 아리랑
개도 포니는 안 탄다는
강남에 살면서 아리랑
강남이라도
제비도 얼씬 못하는
부자동네 8학군이 아닌,
공무원 임대아파트에 살면서 아리랑
공무원 30년에
210만 원짜리 임대아파트에 살면서 아리랑
그래도 강남 덕을 톡톡히 보는 것은
제비가 물어다 주는 박씨가 아니라
박씨에서 쏟아져 나온
금은보화가 아니라
하룻밤 자고새면 천정부지로
뛰어올라
평당 700만 원, 1,000만 원 하는
수억 원짜리 아파트가 아니라
눈 깜짝할 사이에 벼락부자가 되는
증권이 아니라
아리 아리 아라리오

일요일이면
운동화에 등산모 눌러 쓰고
호주머니에 단돈 기천원만
찔러 넣고도

부자 마음 훌훌 단신 가벼운
몸으로 아리랑

대모산에서 구룡산까지
굽이굽이 잠긴 한을
서리서리 풀어내는
하루해를
맑은 공기와
맑은 약수와
맑은 바람과
맑은 새소리와
맑은 마음과
만나서 아리랑
반가워서 아리랑
대모산에서 구룡산 꼭대기까지
구룡산에서 대모산 꼭대기까지
오르고 내리며 아리랑
하늘과 손잡고
구름과 벗하고
나무와 얘기하며
가슴 툭 틔어 아리랑
기쁨 넘치어 아리랑
나뭇잎새 한 잎 한 잎에 내리는 햇살
약수 한 잔 한 잔에 내리는 햇살
발걸음도 가벼워 아리랑

마음도 가벼워 아리랑 아라리오

햇살 듬뿍 몸을 씻고
바람 듬뿍 맘을 씻고
가슴 하나 새소리 담고
머리 하나 숲소리 담아
돌아오며
아리 아리 아리랑 아라리오

하늘 복이 따로 있나
먹통 같은 한일랑은
구룡천 맑은 물로 씻어 보내고
보드라운 흙속에 발목을 묻으며
꽁보리 비빔밥에
시래기국 한 사발은
꿀맛보다 더 달아
강남에 사는 재미
이만하면 무엇을 더 바라리
아리 아리 아라리오

영화 레드 바이올린

1. 가까운 풍경

영원불멸의 신비의 음률을
세상 열리고 아니 세상 닫히는 날까지
오로지 처음이고 절대로 처음인
영혼의
그 끝모를 떨림의
그 끝모를 환희의
그 끝모를 경이의
그 끝모를 공포의
아직껏 닫혔던 세상을 비로소 열고
이미 열렸던 세상을 전혀 새롭게 여는
영혼의 악기 그 불후의 명품을 제작해내기 위해
완성된 그 영혼의 바이올린으로
장차 태어날 그의 아들을 신비의 천재 연주자로 키워낼
꿈에, 생각만 해도 감동의 물결이 전신을 전율케 하는 아찔한
꿈에
수천수만의 시간 동안 불철주야 피를 말리고 뼈를 깎는
고뇌의 기름을 짜내던 바이올린 제작공
그 사내 젊은 임신부의 남편
아기를 낳다가 죽은 아내를 안아다가
바이올린 제작대 위에 눕히고 한없이 오열하던 그 사내
제작대 아래로 늘어진 죽은 아내의 하얗고 고운 팔목에
예리한 칼끝을 댄다 그리고 피를 짜낸다

마룻바닥까지 치렁하게 흘러내린 고운 머리칼을
가위로 잘라 붓을 만든다
세상에 단 하나 오로지 하나뿐인
필생의 노작 불후의 명품
자신의 불붙는 꿈에
아내의 머리칼에 아내의 피를 묻혀
바이올린에 곱게 곱게 영혼을 입혀
칠을 하고 또 칠을 한다

―가공할 전율이 화면을 불태우고 분노의 화산에서 용암이
흘러 넘친다―

(비로소 한 사내와 나의 사랑이 완성된다)

2. 먼 풍경

만삭의 아내 허공에서 떨고 있는 새 한 마리
만삭의 꿈 밤하늘에 빛나는 별 하나
만삭의 사랑 새벽하늘을 찢고 나오는 붉은 태양
만삭의 죽음 땅속에서 지각변동을 꿈꾸는 음률의 반란
꿈의 만삭
사랑의 만삭
죽음의 만삭

이
음률에 영혼을 입힌다
음률에 마성(魔性)을 입힌다
팽창한 마성으로 뇌성벽력이 운명을 친다
경매당하는 꿈, 도난당하는 운명 저쪽에서
복사빛 여명의 동이 튼다

3. 화면 밖

캄캄한 해구(海溝) 저 밑바닥에서부터 빛의 상어 떼 한무리가
레드 바이올린을 연주하며 수평선 위로 솟구쳐 오르고 있다

4. 사랑의 완성

불타는 하늘과 불타는 바다가 한 몸이 되어 불꽃을 튀긴다

은티공소 가는 길

날씨는 쾌청 산과 들은 눈부신 연록의 오케스트라
구름도 쉬어 넘는 문경새재 넘어
괴산의 연풍 마을에는 들어섰건만
약속은 가벼운 웃음
150미터가 1500미터도 더 돼
좁은 산골길을 헷갈리기 몇 번
노송 아래에서 기다리신다는 신부님도 노송도 보이지 않고
높이 솟은 산봉우리 아래로
하얀 길이 시냇물처럼 무료히 흘러내리고
공소로 향한 공복감은 차차 고무풍선이 되어 가는 즈음에
백 년을 넘게 기다리던 거구의 노송이
드디어 우리에게 인연의 줄을 휙 던졌다

던져진 줄이 되감겨든 자리에
깨끗한 한지(寒地) 한 장으로
얇고 가벼운 손길이
그림자처럼 서느로이 다가왔다

연레오 신부님

공소로 오르는 길섶에
하얗게 달무리를 이고 있는 민들레꽃들
기쁨 자체이신 그분은
노송으로 민들레꽃으로
붉고 하얀 철쭉꽃으로

순교자의 피로 피어난 모란꽃으로
밭 가운데 엎드린 거대한 바윗돌로
돌확에 넘치는 청정 약수로
헤일 수 없이 다양한 모습으로
우리를 마중해 주셨다

은티공소는 우리가 갈망하는 궁극의 성소였다

생명들의 교향악장

숲은 온갖 생명들의 교향악장이다
숲은 온갖 생명들의 무도장이다
신의 음률로 연주되는 최고의 교향곡
천사의 날갯짓으로 춤추는 최고의 율동
숲에 들어가 본 사람들아, 그대들 들었는가 보았는가
태양은 순금의 빛으로 숲을 도금하고
숲의 혈관에 싱싱한 피를 수혈하여
수목과 수풀들이 튼튼한 심장으로 가슴 활짝 펴어
하늘을 향해 환희의 나팔을 불게 하고
그물망에 걸리지 않고 당도한 바람결은
숲의 생명마다가 제각각의 몸짓으로
생의 자유를 춤추게 하고 있음을
그뿐인가, 그 모든 숲으로 하여 바쳐지는 헌사(獻詞)는
우리 인간들에게 아낌없이 축복의 세례로 내려짐을 알고서야
우리 어찌 폐부에서 솟아오르는 감사의 묵도에 잠기지 않을
수 있으리오

은빛 눈부신 햇살이 숲속 생명들의 세포에
사랑의 은침을 꽂는 날이나
촉촉한 은혜의 단비가 숲의 몸을
자애의 부드러운 손길로 쓰다듬는 날이나
자욱한 안개나 구름이 숲을 감싸 안는 날이나
하얀 눈이 추운 몸을 포근히 덮는 날이나
매섭고 모진 찬바람이 생 전체를 때리고 휘두르는 날이나

숲은 한결같이 말없이 수도자의 자세로 순명하며
신의 음향으로 연주하고
신의 의상(衣裳)으로 무도한다
오 숲이여, 우리의 허파 우리의 생명이여,

벌레소리 새소리 바람소리 물소리로 우리에게
귀띔하는 그대의 묵언(默言)의 교시(敎示)에
우리의 삶의 진정성을 회복함이여

나의 천사님들

봄날의 새싹
연록의 눈을 뜨는 나뭇잎
풀밭 위를 가벼얍게 나는 나비들 잠자리들
작고 앙증스러운 이름 없는 풀꽃들
햇빛에 반짝이는 은물결

여름날 풀섶 속에 숨어 우는 풀벌레들
맑은 시냇물 속에서 자유로이 유영하는 물고기들
싱그러운 나뭇잎과 장난치는 부드러운 바람결
작렬하는 태양과 짙은 녹음

가을날 붉타는 단풍
소임을 마치고 지상으로 떨어져 내리는 갈잎들
더 높고 푸르른 하늘
휘영청 밝은 달과 초승달
후드득 창을 두드리며 내리는 찬 빗소리

겨울날 밖으로 새어나오는 따스한 불빛
유리창에 와서 볼을 부비는 흰 눈발

나의 천사님은
여러 가지 모습 여러 가지 음성으로
나에게 '사랑과 평화'를 전하신다

4. 남강시편

둑에 앉아

강 건너 대숲이
어둠 속에 무겁게 가라앉아 있었다
둑에는 한여름 밤의 무더위를 피해 나온 사람들로
하얗게 띠가 둘려 있었다
비름나물 풋풋한 향기가
강안개로 피어오르고
하늘에는 찬란한 보석이 뿌려졌다

나란히 어머니와
둑에 앉은
내 치마폭에 익은 별 한 줌이
탁 탁 소리를 내며
아니 풍덩풍덩
아니 철벅철벅 소리를 내며
떨어져 내리고 있었다

내 치마폭은 하늘이었다
아니 바다였다
아니 강물이었다

나는 그저 동공(瞳孔)을 크게 열고
하늘을 있는 대로
바다를 있는 대로
강물을 있는 대로

다 끌어들였다
다 빨아들였다

익은 별이
둑에 나란히 앉은
우리 모녀의
각기 다른 생의 껍질을
탁 탁 깨부수며
각기 다른 하늘의 속살을
투명하게 내보이고 있었다

저만치에 별똥별 하나
떨어져 있었다

바람 할머니

바람 할머니는
해마다
한아름의 바람을 치마폭에 싸안고
우리 집 정지 살강 위로
소리 없이 내려왔다

정월 그믐께쯤이면
이월 초하루에 내려올
바람 할머니를 위해
어머니는
대나무 가지에 오색 비단 헝겊을 매달아
정갈하게 닦고 또 닦아
반들반들 윤나는
살강 구석에
정성들여 제단을 마련했다

올해도 한해 동안
거세고 거센 바람을 일으켜
풍재(風災)를 몰아내어
집안을 태평케 하소서
소지(燒紙)를 살라 올리며
비손을 하는 어머니 곁에서
천정으로 천정으로
높이 잘도 올라가는

소지를 쳐다보며
나도 작은 두 손을 싹싹 비비댔었다

* 정지 : 부엌.

신안리의 바람

우리는 흰 감자꽃 속에 숨은
흰 바람
우리는 자줏빛 감자꽃을 에워도는
자줏빛 바람
우리는 감자밭 전체를 휘몰아도는
오뉴월 푸른 바람
신안리 들판을 일으켜 세워
우쭐우쭐 춤추게 하는
싱싱하게 물오른
신안리의 바람
진주의 신명이었지

진주의 너른 들
신안리는
낙동강을 그리며 흐르는 남강을 끼고
편안히 가슴을 펴고 누워
하늘을 향한 달음박질에
정신이 팔린
우리들의 쿵쿵거리는 발울림에
넘치는 기쁨을
감자꽃으로 피워내고 있었지

해질녘에 우리들은
고운 노을 너울을 쓴

아름다운 신안리에서
탱탱하게 바람이 든
땡깔이 되어
떨기 떨기
미구에 돋아날
별들에게 보낼 발신음을
한 입씩 머금었었지
한 입씩 뿜어냈었지

* 땡깔 : 꽈리.

진주시장대동일구사번지

우리 집은
진주밭이었다
감나무 무화과나무였다
석류나무 대추나무였다
접시꽃 도라지꽃 나리꽃 나팔꽃 함박꽃 창포꽃 분꽃이었다
맨드라미 수국화 단국화 옥잠화 채송화 봉숭아였다
꽈리 아주까리 장녹이었다
호박 오이 가지 상추 고추
고추잠자리였다
참새 빨랫줄이었다
우물이었다
두레박이었다
놋양푼 징 꽹과리였다
작두 도끼였다
멍석 덕석이었다
입춘대길 소문만복래였다

* 장녹 : 자리공(식물)의 방언.
* 자리공 : 약초.

부뚜막

우리 집 정지의 부뚜막은
어머니 평생의 제단이었다

날이면 날마다
미명의 새벽 하얀 사기사발에
정화수 떠
어머니의 심장
불타는 꽃잎 띄워놓고
식구들의 하루의 안녕과 성취를 비는
발원(發源)의 제단이었다

뜸이 잘든 밥솥에서
한 그릇 한 그릇 식구들 수대로 정성스레 밥을 퍼 담는
어머니 손길에서
더운 사랑의 김이 모락모락 피어올라
우리 집 아침이 환하게
밥상에 오르고
온 집안에 비둘기 떼 은빛으로
가득 날아올랐다

고향집 부뚜막은
하이얀 앞치마를 두른 어머니가 계신
나의 추억의 거울
나의 그리움의 연못이다

빨래터

진주여인들은
남강 빨래터에 나와 앉으면
가슴에 막혔던 십년 묵은 체증
단단한 바위덩이가
저절로 강물 속으로 굴러 내렸다

비로소 확 트인 숨통으로
하늘 한번 한껏 들이마시고
강물 속에 떠다니는
양털구름에 눈길 빼앗긴 채
빨랫돌에 빨래를 문질러대면
맺혔던 가지빛 묵은 설움이 일시에
하얀 접시꽃잎 되어
점점이 강물에 떠내려갔다

열 손가락 끝에서 피어올라
겹겹으로 물살져 퍼져나가는
윤회의 비누거품
빨래방망이로 탕탕 두들겨
고단한 삶의 때를 씻어 헹구어냈다

강 건너 모래사장에 갈가마귀 떼
날아와 앉을 때
깨끗하게 빨래한

마음 한 벌
빨래통에 담아 이고 돌아오는 길엔
유난히 반딧불이 많이 날았다

옹기전

우리 집 근처의
장터 옹기전은
우리들의
숨바꼭질 터로 안성맞춤이었다

어둠 속에
쌓아 올린 항아리들 뒤에 숨어서
숨을 죽이고 있으면
열에 여섯은 못 찾았다

반달이 뜬 밤에
김칫독 속에 들어앉아
머리를 가슴에 박고 있으면
열에 일곱은 못 찾았다

보름달이 휘영청 밝은 밤에
큰 장독에 들어가
뚜껑을 덮고 있으면
열에 아홉은 못 찾았다

어쩌다가 항아리나 단지가 깨어지는 때면
하늘의 별들이 모조리 땅에 떨어져
깨어진 옹기조각 속에서
파들파들 떨고

졸아붙은 우리들 작은 가슴속에서는
까욱까욱 까마귀 울음소리가
피를 말렸다

안택굿

둥 둥 두두둥
둥둥 둥둥 둥둥둥
북소리는 아침나절부터 밤중까지
우리 집 구석구석을 휘돌아
우리 집 담장을 넘어 먼 이웃에까지
넘쳐흐르고 있었다

화랭이가 읽는 경은
마침내 신대에 신을 내려
대나무 가지에 매달린 오색 헝겊이 펄럭이고
신대의 떨림이 차츰 격렬해졌다

둥둥둥 둥둥둥 두두둥 둥
북소리가 숨이 가빠지면
드디어 신대는 일어서서
대청마루로 뛰어올라 한 바퀴 휘몰이를 하고는
안방을 훑고 건넌방을 훑고선
큰 정지 작은 정지
장독대와 우물을 휘돌아
고방으로 들어가서
한바탕 신풀이를 해댔다

화랭이 뒤에서 어머니는
가내 태평과

대주와 자녀들의 소원 성취를
손바닥이 닳고 닳도록
무아경이 되어 빌고 있었다

한해의 어둠이 몰려와
우리 집 깊은 우물 속으로 빠져들고 나면
밤하늘의 총총한 별들이
말로 섬으로
우리 집 마당의 멍석 위로 쏟아져 내렸다

* 화랭이 : 무당.
* 정지 : 부엌.
* 고방(庫房) : 세간이나 그 밖의 온갖 물건 그리고 곡식을 쌓아두는 광.
* 대주(大主) : 가장(家長).
* 안택(安宅)굿 : 집안의 무사 안녕을 비는 굿.

세월의 강물과 시의 조각보

조병무(시인)

시인 김여정은 40여 년의 시작 활동을 해 오면서 이번에 12번째 시집 『눈부셔라, 달빛』을 상재하는 의미는 세월과 더불어 살아오면서 인생의 참 뜻이 무엇인가와 함께 어떻게 사느냐 라는 질문에 화답하고 있음을 볼 수 있다.

필자는 20여 년 전 시집 『날으는 잠』에 대한 단평에서 '특히 자신을 노출시키는 시에서, 시인 자신이 누구이며 무엇인가를 꾸밈없이 펼쳐 보이고 있다. 그는 그가 살고 있는 현실의 바탕 위에서 그 현실을 속임 없이 보이려는 의욕을 강하게 노출시키고 있다' 라는 논지를 밝힌 바 있다. 그런데 그 이후 20여 년의 세월이 흐른 지금 그러한 상황은 더욱 강건하게 한 편의 달관의 세계 속에서 자기 성찰의 내면의식을 더욱 뜨겁게 달구고 있음을 볼 수 있다. 그만큼 자신의 시적 세계를 확고하게 흔들림 없이 자리하고 있음을 의미한다. 시집 〈자서〉에서 '세월의 강물 위를 흘러가는 내 사계(四季)의 나뭇잎 한 잎 한 잎을 집어내어 조각보를 만들어 본 작품' 임을 시인 스스로 입증하듯 시집에 수록된 60여의 작품은 그대로 시인의 긴 면모와 연륜을 짚어 보게 한다.

이러한 관점 속에서 김여정의 시정신은 달관의 세계 속에 몰입되어 있음을 알 수 있다. 오랜 흐름이라는 세월은 자신으로 하여금 성숙과 함께 벗어나고픈 일상에 대한 해탈의 감성을 동일한 감성 속에서 찾게 된다. 그것은 무엇 때문일까. 시인은 무의식중에 세월이라는 각인이 조여오는 테두리에 민감해지고 그 민감한 요소를 탈속하려는 의지 속으로 빠져 들고 있다는 사실을 인지하지 못하고 있는 것이다. 유별나게 '어머니' 에 대한 강한 인상은 유년기보다 현재의 시인 자신에 다가와 있음을 알게 된다. 시인 자신의 실상에 대한 무의식이 자신과 어머니의 동일성에서 그리움과 함께 갈망에 대한 집념이 혼재하고 있다. 이러한 집착이 지난날의 추상으로 오버랩 되면서 한 편의 영상으로 인상되어 나타난다.

우리 집 정지의 부뚜막은
어머니 평생 제단이었다

날이면 날마다
미명의 새벽 하얀 사기사발에
정화수 떠

어머니 심장

불타는 꽃잎 띄워놓고

식구들의 하루의 안녕과 성취를 비는

발원(發源)의 제단이었다

―〈부뚜막〉 중에서

시인의 어머니를 그리는 초상은 시인 자신만이 아닌 우리의
지난날의 모든 어머니의 초상이었다. 부뚜막의 정화수는 어머
니의 발원을 일상화시켜내는 가정의 숙원이고 구성원의 안일
을 위한 성취의 상징이었다. 김여정 시인은 어머니와 그 시절의
강한 인상에서 이탈하지 못하고 하나의 집착으로 시의 대상이
된다. 이러한 발원은 '정월 그믐께쯤이면/이월 초하루에 내려
올/바람 할머니를 위해/어머니는/대나무 가지에 오색 비단 헝
겊을 매달아/정갈하게 닦고 또 닦아/반들반들 윤나는/살강 구
석에/정성들여 제단을 마련했다. ―〈바람 할머니〉에서' 라든가
'나란히 어머니와/둑에 앉은/내 치마폭에 익은 별 한 줌이/탁
탁 소리를 내며/아니 풍덩풍덩/아니 철벅철벅 소리를 내며/떨
어져 내리고 있었다. ―〈둑에 앉아〉에서' 라는 작품 외에 〈안택
굿〉, 〈소금꽃〉, 〈가족사진〉, 〈숟가락을 든다〉 등에서 나타
난다.

시인의 이러한 추상은 오늘이라는 일상의 잡다한 관점을 탈
속하여 일념으로 치성 드렸던 어머니의 존재에 대한 자신으로
의 회기를 갈망하는 것인지도 모른다. 왜냐하면 김여정 시인의
시적 감성은 그리움에 대한 갈망은 물론 세월의 흐름에 대한 또

다른 환상의 실마리를 동경하면서 되돌아보고 있음을 알 수 있
다. 그것은 현실적으로 종심(從心)을 지나 망팔(望八)은 물론
가깝게 희수(喜壽)를 눈앞에 두고 있음은 그것 자체가 세월이
아니던가. 그래서 시인의 '병원 순례에 나서는 나약하기만 한
인간/내 몰골에 쓴웃음이 늦가을 갈댓잎처럼/하얗게 허공을 메
운다. ―〈집수리〉에서' 와 '내 정신을 평생 입혀 오던 책들/온
갖 잡동사니를 싹 쓸어/미련 없이 버리고 비워냈다. ―〈웬 별말
씀〉에서' 그리고 '세상 살만큼 산 세월인데 ―〈내 마음속 피안〉
에서' 라는 다소 허무적인 일상의 상념으로 잦아들기도 하는 것
은 자연스러운 순리인지도 모르지 않은가. 특히 일상의 내면의
식 속에 천착하는 김여정 시인의 강한 집착과 집념은 스스로의
삶의 모든 관점을 받아들여 승화시키는 정감을 만들어 보고 싶
은 욕구를 시인의 시세계 여러 면에서 인식할 수 있다.

그러나 그러한 세월의 흐름 속에 안착하지 않고 자기 성찰의
깊은 내면을 자연의 풍족함으로 받아들여 하나의 환희로 전환
하려는 시인은 그것이 우연으로 다가오지 않고 자신을 추스르
는 동경으로 환원하고 싶은 욕구에서 비롯되는 것인지 모르지
않은가. 다음과 같은 작품이 그러한 시인 자신을 그대로 말해
준다.

눈부신 날에는 왜 그대 생각이 이리도 깊은가

청정계곡 맑은 물에 깨끗이 씻어낸 듯

활짝 핀 저 벚꽃들 눈부셔

하늘도 잠시 말문을 닫는데

그대 향한 내 말은

어찌하여 아직도

꽃잎 뜬 호숫가를 맴돌고 있나

눈부셔 눈부셔서 나무들로 숨죽이고 있는

꽃 대궐 꽃 터널을 발걸음도 조심조심

멀찍이 물러서는데

그대 향한 그리움이

발 앞에 떨어져 내린 목련 꽃잎에

핏빛 지문을 찍고

진달래는 분홍 꽃구름을 피워내며

지난날의 추억에 볼을 붉힌다

지나간 시절은 다 그런 꿈이라고

흘러간 세월은 다 그런 미련이라고

노오란 개나리꽃들은 손수건을 흔들고 있는데

그래도 마냥 눈부시고 눈부셔서 좋아라

눈부신 날에 그리운 사람 있어서 좋아라

　　ㅡ〈눈부신 날에〉 전문

　시 작품 〈눈부신 날에〉에서 김여정의 일상이 오히려 강한 집념과 사물에 내재된 아름다운 환상의 밀어를 스스로에게 집중시키려는 시인의 서정이 집약되어 나타난다. 위에서 세월의 흐름에 따라 보여진 일상의 반응이나 허무적 상념은 그 자체가 시인의 정신적인 또 다른 환상의 밀어로 순환한다. 그러한 본연으로 회기하려는 작품이 〈눈부신 날에〉가 보여주는 자연의 섭리이며 그 환영이다. ‘눈부신 날’ 과 ‘그대’ 와의 관계 설정은 ‘그리운 사람 있어서 좋아라’ 고 명시적으로 큰 감각으로 순환한다. ‘활짝 핀 저 벚꽃’ 에 맴돌고 있는 나의 ‘말’ 이 그대를 향하고, ‘발 앞에 떨어져 내린 목련 꽃잎’ 에 ‘추억’ 이 묻어나는 눈부신 날이 시인의 영원한 일상일지도 모를 것이다.

시와 시인과의 관계는 언어적인 관계이지만 그 언어가 시인에게 몰려오는 상념의 영역은 시인의 감성에 의존한다. 어떠한 사물이나 시인이 인식하는 관계가 정신적인 매체를 종속시키기도 하지만 그 종속에서 벗어나 시인의 매체 이외의 다른 요소로 바꾸어 표현되기도 하기 때문이다. 시인의 시작품 〈언도〉, 〈나를 뇌사시키는 보랏빛〉, 〈조장(鳥葬)〉은 정신적 방황을 안정시키고 되돌아봄으로 유도하는 마음의 정좌인지도 모른다. 무념의 세계로 인도되면서 희열의 인상과 함께 면면을 표출한다.

이제 그만 나를 무죄 석방해 주려는 그대여,
나에게 종신형의 유죄를 언도해 다오
내 죄 중하고도 중한 도둑의 죄
어찌 무죄 석방을 바라리오
―〈언도〉 중에서

이렇게 감미롭고 아름다운 죽음이

나를 또다시 환상의 관(棺)에 눕히다니
가물가물 어지러운 쾌감의 뇌사가
나에게 또다시 찾아오다니
　ー〈나를 뇌사시키는 보랏빛〉 중에서

새들의 밥으로 먹혀
내가 새가 되어
내가 가벼운 가벼운 날개가 되어
훨훨 자유의 바람이 되는
낡은 옷 벗음 허물 벗음이지요
　ー〈조장〉 중에서

김여정 시인의 달관은 현실인식뿐 아니라, 시인의 정신적인 요인과의 충돌에서 스스로를 돌아보고 스스로의 세계에 안착하면서 현재 도달되고 있는 자신의 위치에서 또 다른 자화상을 그리려 한다.

그의 자화상은 세상이라는 여로에서 터득하고 얻어진 무한과 유한의 삶의 질곡을 움켜지려는 움직임이 아니라 이를 털어버리려는 안정의 여백으로 목적을 정한다. '이제 그만 나를 무죄 석방해 주려는 그대여'에서 자아 초탈의 관념으로 인지시키면서 또다시 '새들의 밥으로 먹혀/내가 새가 되어', '훨훨 자유의 바람이 되는' 자연의 일원이 되기를 갈망한다. 그러면서 다른 차원의 자신으로 돌아가 세월의 흐름을 이탈하여 '낡은 옷 벗음 허물 벗음'의 순리로 회기하고 있는지 모른다. 모든 삶의 흔적 자체가 그러한 단순한 원리와 이론과 사고의 표현으로 남기 때문이다. 시인의 마음이 지니는 초연한 자세가 시의 정갈한 감성과 더불어 더욱 가깝게 와 있기 때문이다.

김여정 시인의 열두 번째 시집 『눈부셔라, 달빛』은 그래서 시인의 언어와 같이 '세월의 강물 위를 흘러가는 내 사계의 나뭇잎'이며 '조각보'의 화려한 그리고 장엄한 채색으로 길고 오랜 세월 동안 빛나고 있다.